TZCCHH

IMPRESSUM:
Schwermetall präsentiert: Band 25 – Chevalier & Segur, Die Zeit der Asche. alpha-comic verlag gmbh, Kilianstraße 106a, D-8500 Nürnberg 90. Redaktion: Achim Schnurrer. Übersetzung: Gerd Benz. Lettering: Michael Hau.
ISBN 3-89311-087-9

TACK
SSSCHHUEEE
HOOO
HOOO
HOOO!
VERDAMMTES BIEST!
WIRST DU WOHL MITKOM-MEN, ALTES MISTSTÜCK?!

ZWERGE, HIER !!
DIE HABEN BESTIMMT EINEN HARTEN SCHÄDEL!
AAAH!
BEI DER FLÖTE DES GROSSEN ZWERGES!
HE, HE, HE...
TAUSEND TEUFEL, WAS IST LOS MIT IHM?
VIELLEICHT IST ER AUSGERUTSCHT UND HAT SICH VERLETZT ...
...ODER VIELLEICHT ETWAS ANDERES! WER WEISS?...WIR MÜSSEN AUF DER HUT SEIN, AREN, WIR SIND AUF UNBEKANNTEM GEBIET!
3

ARMER ÖTEN, ER HAT WIRKLICH KEIN GLÜCK AUF DIESER REISE. VOR ZWEI TAGEN HAT MAN IHM DEN ESEL MIT DEN SATTELTASCHEN GESTOHLEN, UND JETZT AUCH NOCH DAS HIER!
GENUG GELACHT! MAL SEHEN, OB DIE ZWERGE WIRKLICH SO DUMM UND REICH SIND, WIE MAN SICH IM NORDEN ERZÄHLT...
DIE WUNDE IST TIEF. SO EIN PECH!
!!
WISST IHR ZWERGE NICHT, DASS ES GEFÄHRLICH IST, IN DIESEM WALD EIN FEUER ZU MACHEN? DIE DUNKELHEIT HIER HAT AUGEN... BÖSE AUGEN!!
!?!
WO KOMMT IHR HER?...
DARF ICH MICH VORSTELLEN, FIRFIN, VAGABUND UND WIE ES SICH TRIFFT, AUCH HEILER...
...IRGEND ETWAS SAGT MIR, DASS ICH MICH HIER NÜTZLICH MACHEN KANN...
4

EIN HEILER!! WAS FÜR EIN GLÜCK, NOREN! BESSER HÄTTEN WIR ES NICHT TREFFEN KÖNNEN!
HM... BESSER TREFFEN KÖNNEN?...
ICH BIETE EUCH MEINE BESCHEIDENEN FÄHIGKEITEN IM TAUSCH ZU EIN PAAR WERTVOLLEN STEINEN AN!
ER IST BALD WIEDER AUF DEN BEINEN!
DA HABE ICH ES ETWAS ZU GUT GEMEINT!
DIESER VOGEL GEFÄLLT MIR ÜBERHAUPT NICHT!
UND WAS IST EUER ZIEL, SO WEIT VON DER HEIMAT ENTFERNT?
DER NORDEN!!
!?... NICHT SEHR GESPRÄCHIG, DIESE ZWERGE!
...TSSS... LASSEN WIR SIE AUF MEINE ART TRINKEN...
DANN LASST UNS AUF DAS GELINGEN EURER REISE ANSTOSSEN...
TAUSEND TEUFEL, DAS KÖNNEN WIR BRAUCHEN!!
5

FRFIN... BURP... DU BIST EIN FREUND DER ZWERGE!
DU HAST OTEN GERETTET... HIPS, UND DAS VERGESSEN WIR DIR NIE... ICH WERDE DIR ERZÄHLEN... HIPS... WAS WIR IN DIESEM UNGLÜCKSELIGEN LAND WOLLEN...
WIRD AUCH ZEIT!
ES SIND JETZT SCHON... HIPS... ZWEI MONDE HER, DASS WIR AUFGEBROCHEN SIND... UNSER KÖNIG IST TOT... UND DER, DER SEINE NACHFOLGE ANTRETEN SOLL, IST VOR VIELEN JAHREN SCHON... HIPS.. IM NORDEN VERSCHOLLEN... WIR KENNEN IHN... BURP... NICHT EINMAL!! ER HEISST RAKEN UND LEBT IN...
SCHWEIG, AREN!! DU REDEST ZUVIEL, WENN DU TRINKST!
DANN LASS IHN DOCH TRINKEN!
Ein wenig später...
SCHADE, DIE DROGE HAT SIE NUR EINGESCHLÄFERT... ICH HÄTTE GERN MEHR ERFAHREN!
...HE, HE, HE... DIE ZWERGE SUCHEN EINEN KÖNIG, DEN SIE NICHT EINMAL KENNEN!...HE, HE, DAS IST EINE RICHTIGE ZWERGENGESCHICHTE!
DIE ARMEN NARREN!
...ABER DIE SACHE IST NICHT SO HARMLOS... DAFÜR VERBERGEN SIE ZUVIEL...
DA GIBT ES BESTIMMT MEHR ZU HOLEN ALS NUR ZWEI MAULTIERE UND EIN PAAR STEINCHEN!
AAAH.. BEI DER FLÖTE DES GROSSEN ZWERGES, MEIN KOPF FÜHLT SICH AN WIE DER SCHÄDEL EINES RIESEN!

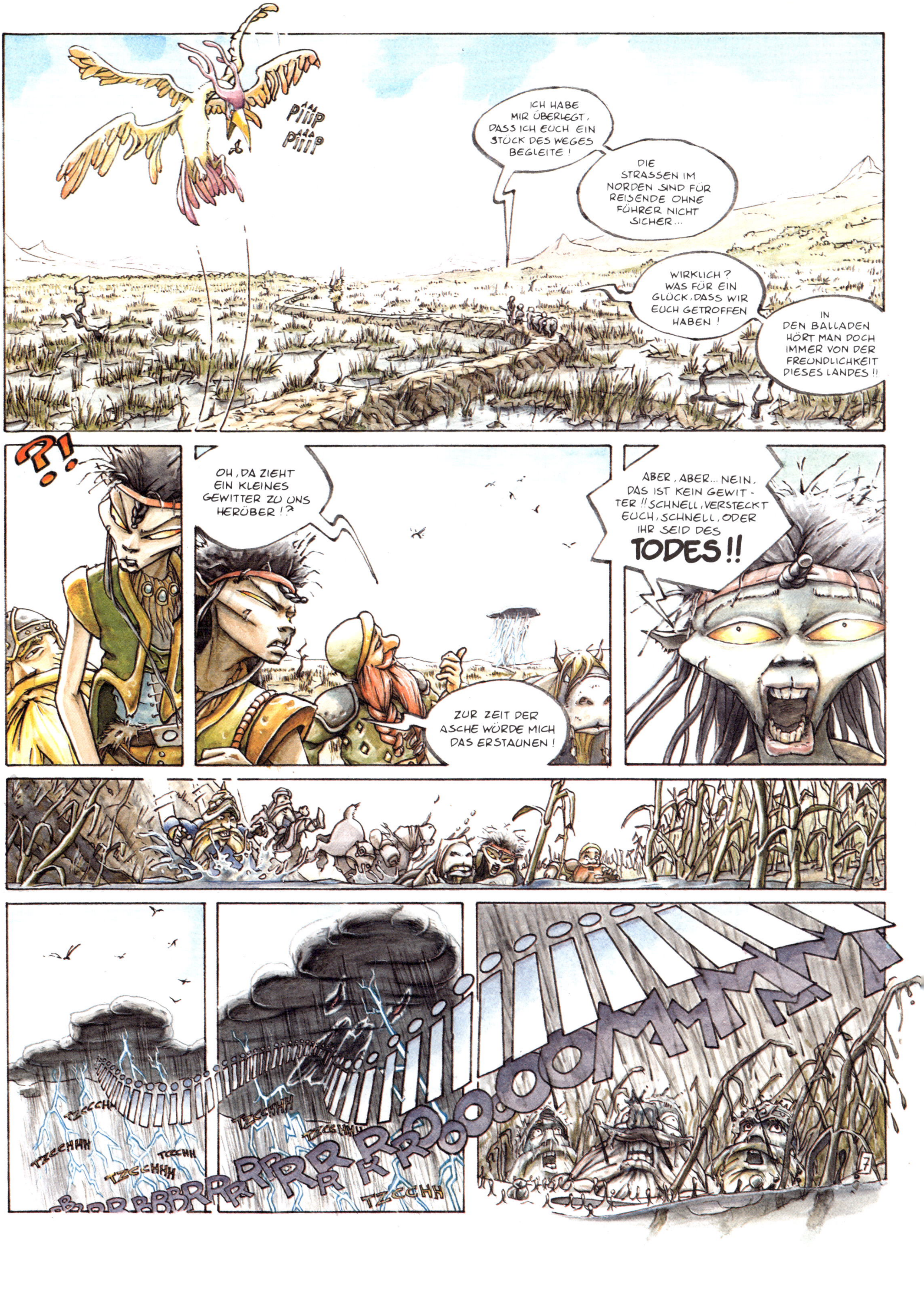
PIIIP PIIIP
ICH HABE MIR ÜBERLEGT, DASS ICH EUCH EIN STÜCK DES WEGES BEGLEITE!
DIE STRASSEN IM NORDEN SIND FÜR REISENDE OHNE FÜHRER NICHT SICHER...
WIRKLICH? WAS FÜR EIN GLÜCK, DASS WIR EUCH GETROFFEN HABEN!
IN DEN BALLADEN HÖRT MAN DOCH IMMER VON DER FREUNDLICHKEIT DIESES LANDES!!
?!
OH, DA ZIEHT EIN KLEINES GEWITTER ZU UNS HERÜBER!?
ZUR ZEIT DER ASCHE WÜRDE MICH DAS ERSTAUNEN!
ABER, ABER... NEIN. DAS IST KEIN GEWITTER!! SCHNELL, VERSTECKT EUCH, SCHNELL, ODER IHR SEID DES TODES!!
TZCCHHH
TZCCHH
TZCCHHH
BRRRRBBBRRRR
TZCCHHH
TZCCHHH
RRRRRRRRRRRROOOOOOMMMMM
TZCCHHH

TZCCHH
TZCCHH
TZCCHH
TZCCHH
BBBBRRRRRRROOMM
PiiiP
PiiiP
PiiiP
PiiiP
PiiiP
PiiiP
PiiiP
ZZKKRACH
ZUVIEL FRÖHLICH-KEIT IN DIESER GEGEND!!

W... WAS WAR DAS ?!
EIN DONNER-RITTER !!!
SO ETWAS SCHRECKLICHES HABE ICH NOCH NIE GESEHEN !
WAS FÜR EIN LAND !!
BLUUB
BLUUB
!?...OTEN !
BLOUP
BLOUP
BLOUP
BLOUP
BLOUP
BLOUP
BLOUP
BLOUP
9

JRRUUUUUUU
EIN JAGGER !!
DIE AUGEN... ZIELT AUF DIE AUGEN !
JRRUUUUU
DU TÖTEST MEINE ZWERGE NICHT, DU MISTSTÜCK !!
HIIINNN HIIN HIIINN HIIINNN HIIINN HIIINN
HIIINNHIIIIINNNNNNNNN
KREPIER!!
WÜRG !! WIE DAS STINKT !
10

ARMER OTEN, AUF DIESER REISE HAT ER WIRKLICH KEIN GLÜCK!
NUN, DER PREIS IST IMMER NOCH DERSELBE...
AUCH WENN ICH DICH NICHT FÜR AUFRICHTIG HALTE, FIRFIN, BIST DU EINVERSTANDEN, UNS ALS FÜHRER ZU DIENEN?
EINVERSTANDEN! ...UND DASS IHR MIR TRAUEN KÖNNT, WERDET IHR NOCH SEHEN...
ES GIBT HIER SO VIEL, WAS UNS FREMD IST... UND DU KENNST DICH AUS! WENN DU STEINE DAFÜR HABEN WILLST, SOLLST DU SIE BEKOMMEN, GLAUB MIR...
UND WOHIN SOLL ICH EUCH FÜHREN?
IN DIE DOMÄNE VON EWANDOR...
EWANDOR!! DAS IST EINE LANGE, GEFÄHRLICHE REISE...
WILLST DU MIR NICHT EIN WENIG MEHR ERZÄHLEN?
DU WEISST SCHON FAST ALLES, SOVIEL WIE WIR WENIGSTENS!
DU BIST SCHLAU, NOREN!... ABER ICH WERDE ES ERFAHREN!
IHR BRAUCHT AUSSERDEM NOCH EINEN KRIEGER...

Drei Tage später erreichen sie oben im Norden
Gaëdor
!...GHH!
12

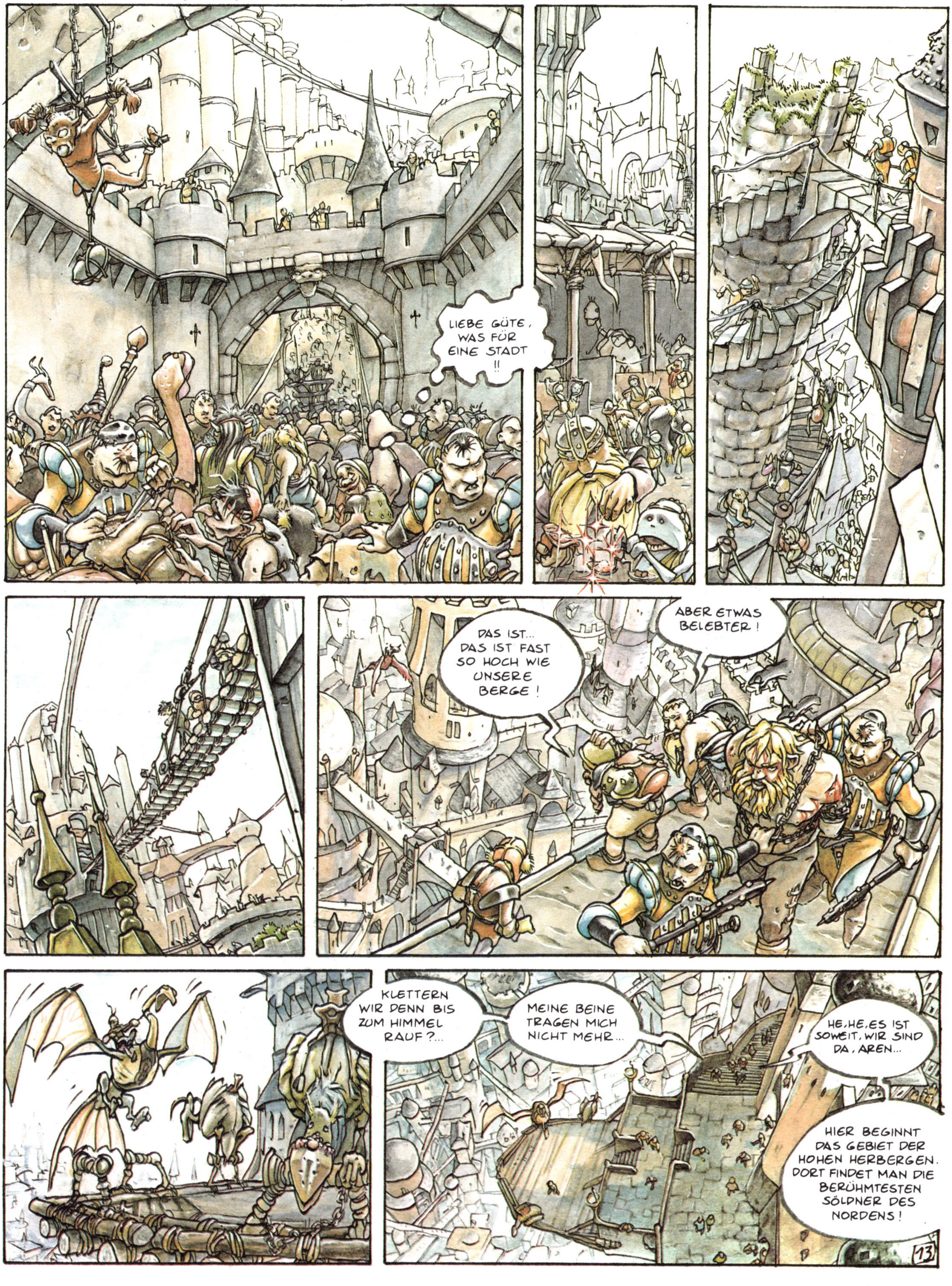
LIEBE GÜTE, WAS FÜR EINE STADT !!
DAS IST... DAS IST FAST SO HOCH WIE UNSERE BERGE !
ABER ETWAS BELEBTER !
KLETTERN WIR DENN BIS ZUM HIMMEL RAUF ?...
MEINE BEINE TRAGEN MICH NICHT MEHR...
HE, HE, ES IST SOWEIT, WIR SIND DA, AREN...
HIER BEGINNT DAS GEBIET DER HOHEN HERBERGEN. DORT FINDET MAN DIE BERÜHMTESTEN SÖLDNER DES NORDENS !
13

BRING MIR SCHNELL EINEN HÜBSCHEN JUNGEN, DER MICH AUF ANDERE GEDANKEN BRINGT!!... ICH ZAHLE EINEN GUTEN PREIS...
SIEH AN, SIEH AN !!
NUN, FIRFIN, GRÜSST DU DEINEN GELIEBTEN, GROSSEN BRUDER NICHT MEHR !?
?!
OH, MIRLIN !!
WARTET HIER AUF MICH !
WIEDER EINMAL BEI UNS !... DU BIST GANZ BLASS... ICH SPÜRE, DU HAST SORGEN.
DU HAST DOCH NICHT ETWA SCHLECHTEN UMGANG ? HA, HA...
PASS AUF, DU BIST JA SO NAIV !!
HÖR GUT ZU, MIRLIN, ZWISCHEN UNS IST ES AUS. ICH GLAUBE, DAS HABE ICH DIR BEREITS GESAGT !
ICH GEHÖRE NICHT MEHR ZU DEINER HALSAB-SCHNEIDER-BANDE !!
HA, HA, SPAR DIR DEIN GESCHWÄTZ FÜR DIE ZWERGE AUF...
...DU WIRST IMMER EIN KLEINER GAUNER BLEIBEN, EIN EIERDIEB !!
SAG MIR LIEBER, WAS DU MIT DIESEN HALBEN PORTIONEN VORHAST, WILLST DU SIE VERKAUFEN ?

ICH WEISS NICHT, WAS SIE REDEN, ABER ES GEFÄLLT MIR NICHT, NOREN! WARUM MUSS-TEST DU GERADE IHN ALS FÜHRER NEHMEN !!?
ICH HABE DIR NICHTS MEHR ZU SAGEN... LEB WOHL, MIRLIN... DIE LUFT UM DICH HERUM STINKT !!
REDE NUR. ICH WERDE DICH BALD WIEDER-SEHEN, KLEINER BRUDER...
WAS FÜR EIN PECH, DASS ICH HIER AUF MIRLIN TREFFEN MUSSTE !! ER IST NICHT DER TYP, DER SICH LEICHT ABSCHIEBEN LÄSST... UND DIESE NARREN, DIE MIR NICHTS ÜBER IHREN KÖNIG ERZÄHLEN WOLLEN !...
TSS... ICH MUSS SEHR VOR-SICHTIG SEIN...
NICHT SO EILIG, SCHÄTZCHEN !... WILLST DU DICH NICHT EIN BISSCHEN BEI CHAINA AUS-RUHEN ?
DU BIST FETT UND HÄSSLICH, CHAINA !! SUCH DIR DOCH EINEN BRÜNSTIGEN KOURIKIKI, ICH BIN ZU TEUER FÜR DICH !
ELENDE LAUS ! HAU AB !!...
15

...ABGELEHNT. NUR EIN WAHNSINNIGER WÜRDE SO EINE REISE MITMACHEN !
...HA, HA, HA, NICHT EINMAL MIT EINER ARMEE WÜRDE ICH MITGEHEN !! HA, HA...
...ZU WEIT UND ZU GEFÄHRLICH. ICH SAGE NEIN !
Ein paar Herbergen später...
...IHR WERDET NIEMANDEN FINDEN. DER GROSSE NORDEN WIRD SCHON LANGE NICHT MEHR BEREIST...
AUSSERDEM HABE ICH GEHÖRT, DASS HÖRL, DER ANFÜHRER DER DONNER-RITTER GESEHEN WURDE, AUF DEM WEG IN DAS LAND „WO NICHTS GEHT"...
HÔRL !!
DANN WAR ER ES, DEM WIR ENTKOMMEN SIND !
WENN IHR IHM BEGEGNET SEID, DANN BESITZT IHR ZWEI LEBEN ! MAN ENTKOMMT HURL NICHT, NICHT EINMAL IM TRAUM !
ER HÄLT UNS FÜR LÜGNER !
DAS IST DEM GROSSEN WIND EGAL !... WAS TUN WIR JETZT, WENN SICH ALLE WEIGERN ?
ICH WEISS !! WIR KAUFEN EINEN AKEI-SKLAVEN. DIE SIND STARK, MUTIG UND GEWÖHNLICH IHREM HERRN TREU ERGEBEN !
UND AUSSERDEM SIND SIE DUMM !
AH, AREN, WARUM HAT DER RAT GERADE UNS BEAUFTRAGT, UNSEREN NEUEN KÖNIG IN DER DOMÄNE VON DIESEM EWANDOR ZU SUCHEN ?!... WAS FÜR EIN HOHN...
16

BOK
BOK
ICH HOFFE, DASS DU UNS NICHT UMSONST GERUFEN HAST, MIRLIN!
WARUM? WERDET IHR DENN WOANDERS GEBRAUCHT!?
FIRFIN IST WIEDER DA!
ER MACHT GESCHÄFTE MIT DEN ZWERGEN!
17

…ICH SCHWÖRE ES, DIESMAL IST ES EIN ECHTER SCHÖNHEITS-TRANK, NICHT WIE BEIM LETZTENMAL!!
WIR SIND DA!
AZEL IST DER BESTE SKLAVENHÄND-LER VON GANZ GAEDOR…
ICH HABE, WAS DU BRAUCHST, FIRFIN, EI-NEN ECHTEN AKEI AUS DEM SÜDEN…
DU HAST GLÜCK, MAN SIEHT SIE NICHT MEHR OFT!
…MMMMH… …MMRRRH…
WIEVIEL, AZEL?
ZEHN BECHER ROTEN SAND!!
18

WAS ?!... DU BIST DER KÖNIG DER DIEBE !
ES IST LUSTIG, WENN DU MICH ALS DIEB BEZEICHNEST, FIRFIN !...
ABER DIESER AKEI IST EINE LEBENDIGE LEGENDE, WEISST DU, NEUNZEHNMAL ZUM TODE VERURTEILT IN DEN KÖNIGREICHEN DES SÜDENS.
VOM SCHNABEL DES DRACHEN GEZEICHNET...
BEI DIESEM PREIS GLAUBE ICH FAST AN LEGENDEN !!
LASS IHN ! DER HANDEL GILT, UM DEN PREIS STREITE ICH NICHT...
...MMRRH...
KLEINER MANN IST JETZT MEIN HERR ? ...MMRRH...
DAS IST MORKAI, UNSER NEUER WEGGEFÄHRTE !
KLEINE MÄNNER KOMISCH, HA, HA, HA...
BEI ALLEN RIESEN !! EIN RIESE !!!
...KLEINE MÄNNER FREUNDLICH, DASS MORKAI BEFREIT HABEN !...
MORKAI JETZT SEHR HUNGRIG...
ZWERGE ! WIR SIND ZWERGE, MORKAI, NICHT KLEINE MÄNNER !
JA ZWERG, HA, HA, ZWERG ZWERG, HA, HA, HA...
DU HAST DICH ÜBERS OHR HAUEN LASSEN, NOREN ! DIESER KRIEGER IST STROHDUMM !!
TAUSEND TEUFEL, DU BIST ABER AUCH NIE ZUFRIEDEN ! SEI LIEBER FROH, DASS ER NICHT WEISS, WOHIN WIR GEHEN !
WIR BRECHEN MORGEN FRÜH IN DER DÄMMERUNG AUF...

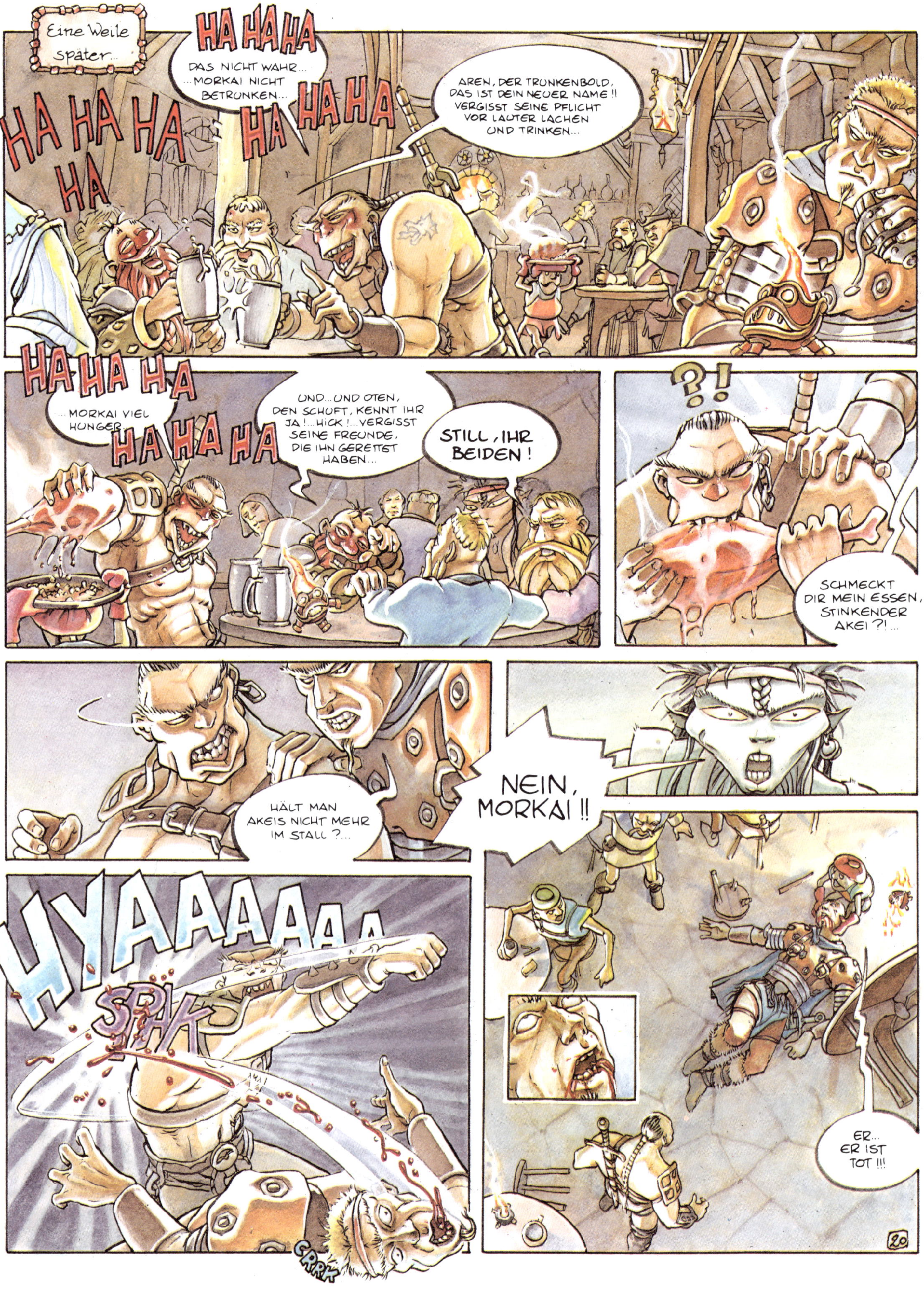
Eine Weile später...
HA HA HA
DAS NICHT WAHR... ...MORKAI NICHT BETRUNKEN...
HA HA HA HA HA
HA HA HA
AREN, DER TRUNKENBOLD, DAS IST DEIN NEUER NAME!! VERGISST SEINE PFLICHT VOR LAUTER LACHEN UND TRINKEN...
HA HA HA HA
...MORKAI VIEL HUNGER...
HA HA HA HA
UND... UND OTEN, DEN SCHUFT, KENNT IHR JA!... HICK!... VERGISST SEINE FREUNDE, DIE IHN GERETTET HABEN...
STILL, IHR BEIDEN!
?!
SCHMECKT DIR MEIN ESSEN, STINKENDER AKEI?!...
HÄLT MAN AKEIS NICHT MEHR IM STALL?...
NEIN, MORKAI!!
HYAAAAAAA
SPAK
CRRK
ER... ER IST TOT!!!
20

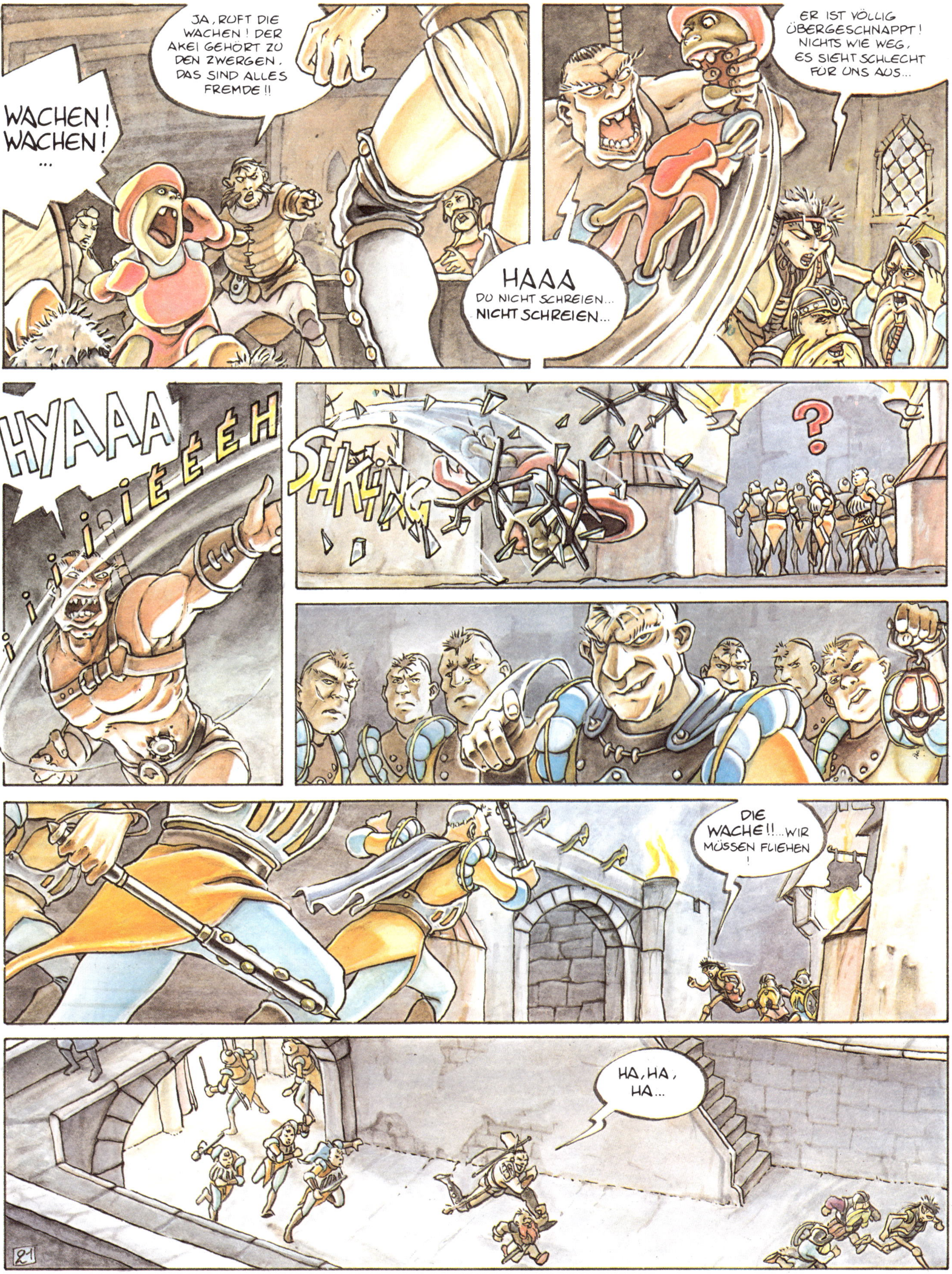
WACHEN! WACHEN! ...
JA, RUFT DIE WACHEN! DER AKEI GEHÖRT ZU DEN ZWERGEN. DAS SIND ALLES FREMDE!!
ER IST VÖLLIG ÜBERGESCHNAPPT! NICHTS WIE WEG, ES SIEHT SCHLECHT FÜR UNS AUS...
HAAA
DU NICHT SCHREIEN... NICHT SCHREIEN...
HYAAA
iiiiiÉÉÉÉH
SHKLING
?
DIE WACHE!!... WIR MÜSSEN FLIEHEN!
HA, HA, HA...
21

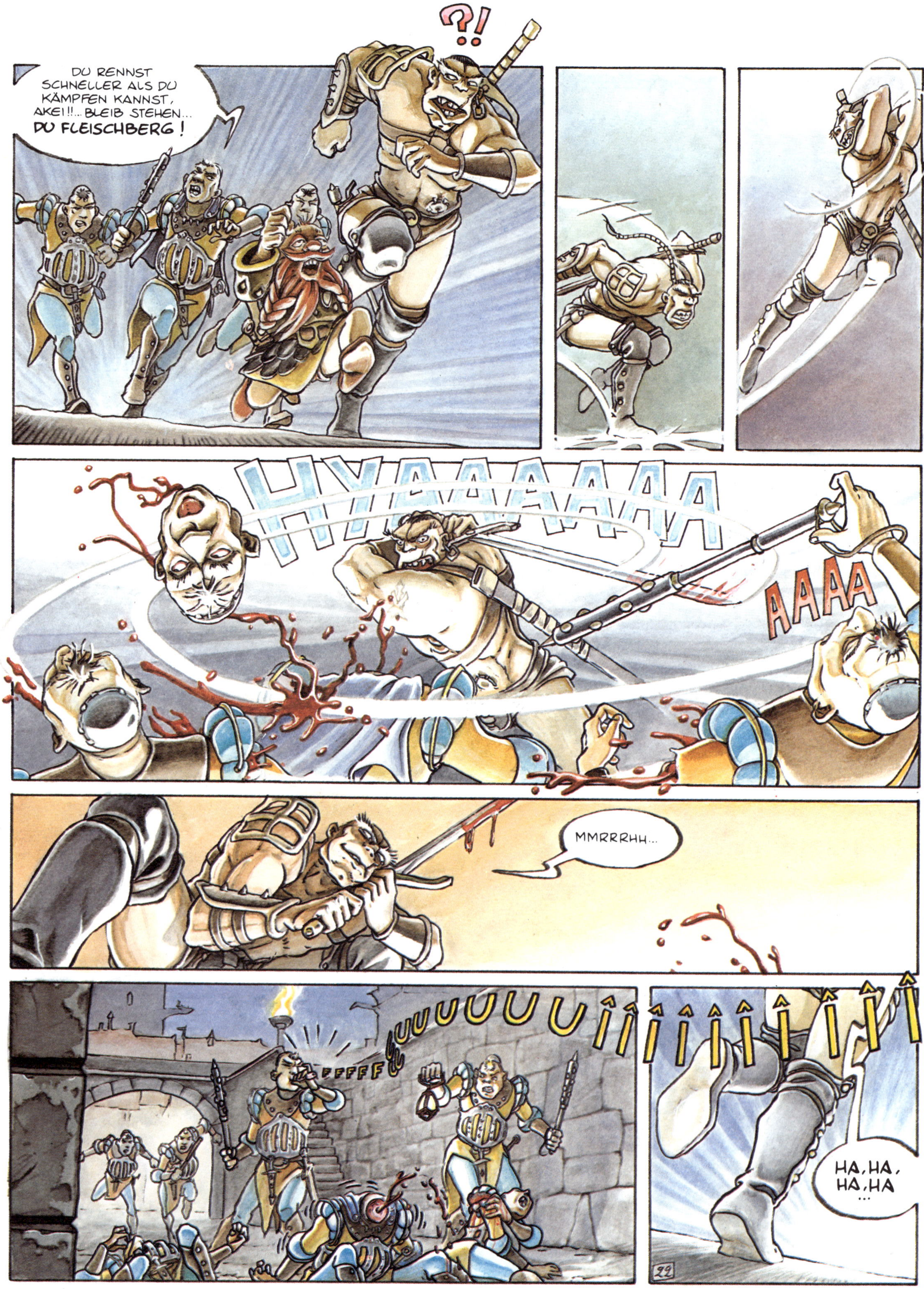
?!
DU RENNST SCHNELLER ALS DU KÄMPFEN KANNST, AKEI!!!... BLEIB STEHEN... DU FLEISCHBERG!
HYAAAAAA
AAAA
MMRRRHH...
FFFFFUUUUUUUIÎÎÎÎÎÎÎÎÎÎ
HA, HA, HA, HA ...

FFUUUUi
ZUR PLATTFORM, SCHNELL!
MACH NOCH EINEN FLYSLIM LOS, NOREN!
KLING
FFFUUUUUUUUUiiiiii
HE... WARTET... WARTET AUF MORKAI!
WIR NEHMEN DOCH DIESEN KERL NICHT MIT ?!
DOCH!
HÄCH... HÄCH... HÄCH...
UUUUAAAA
!!
HAAA HAAA
HA, HA, HA...
SCHNELL, AREN... SCHNELL!
23

iiiAAN
BEWEG DICH, DU VERDAMMTES VIEH !!
iiAAN iiAAN iiAAN
KRRR
HA, HA, MORKAI ZU STARK, HA, HA...
HAAA
AAAAH NEIN !! ...MORKAI ! ER HAT SICH LOSGERISSEN !!!...
!? DAS NICHT GUT !
KRAAAA
TAUSEND TEUFEL ! DAS SCHAFFEN SIE NIE...

KRRA!
HAAA
HA
HA
iiiIAAAAN
iiiiAANN
HE!!
KLEINER SLIM NICHT ALLEINE ABHAUEN!
HEEEEEE
HA HA HA

ER HAT ZUVIEL BLUT VERLOREN UND DER ANDERE GIBT AUCH NICHTS MEHR HER. WIR MÜSSEN ZU FUSS WEITER!
ZU FUSS!! OH NEEIIIN... UND UNSERE MAULTIERE SIND NOCH IN GAEDOR!
DAS IST ALLES DEINE SCHULD, MORKAI!
NICHT WAHR! SCHULD VON HERBERGE, NICHT MORKAI!
WIR RECHNEN SPÄTER MITEINANDER AB! IM AUGENBLICK MÜSSEN WIR SO WEIT WIE MÖGLICH VON GAEDOR WEG...
JA!
¡¡¡AAAN ¡¡¡AAAN
¡AAAN
NICHT LEIDEN, KLEINER SLIM!!
KROCH
26

BEI DER FLÖTE DES GROSSEN ZWERGES, WAS IST DENN HIER GESCHEHEN ?!
DIESE SCHWACH-KÖPFE WOLLTEN SICH GEGEN HÛRL STELLEN, DEN GROSSMEISTER DER DONNER-RITTER !
HÛRL SEHR STARK !
HAHAHA
DU SIEHST LÄCHERLICH AUS MIT DEM HELM !
HA, MIR ER ABER, OTEN, DU SPIELVER-DERBER !
GENUG !
ES REICHT, IHR BEIDEN !
DER NORDEN STEIGT EUCH WOHL IN DEN KOPF ? ...DAS WERDE ICH DEM ZWERGENRAT BERICHTEN !
PSSS... WAS IST ZWERGEN-RAT ?
DU BIST EINE FÜHRER-NATUR !...
...UND DU NUTZT DIE LEUTE AUS !

Weiter oben im Norden von Gaedor vergehen Tage und Nächte
Im Großen Norden führt ihr Weg durch eine fremde Landschaft...
Weit im Norden, so die Sage, lebt ein König, der ein Zwerg ist...
HIER BEGINNT DAS LAND „WO NICHTS GEHT". NOCH VOR HEUTE ABEND HABEN WIR DIE WÜSTE VON HIAEM DURCHQUERT UND ERREICHEN DIE SCHLUCHT DER BRENNENDEN WINDE...
BEI ALLEN RIESEN, EIN GANZ SCHÖNES STÜCK WEG!
JA...UND DIE EINSAMKEIT HIER IST UNSER BESTER VERBÜNDETER!... DOCH WENN WIR DIESE HINDERNISSE ERST ÜBERWUNDEN HABEN, IST ES NICHT MEHR WEIT ZUR DOMÄNE VON EWANDOR!
ZÂ GNÂ IHÊ ZII
ZIPÎ ZIPÎ ZIPÎ
MORKAI HUNGER, MORKAI JAGEN!
!?!

AUSSER LANGEWEILE GIBT ES HIER NICHTS ZU JAGEN, MORKAI !...
BEHERRSCHE DEINEN HUNGER UND SEI STILL !
ZDOÏ ?

NNNN... MEINE KLEINEN SPIONE HABEN ET-WAS ENTDECKT...
NNNN.. SPRECHT. MEINE AUGEN, DURCHFORSCHT DIE SEELEN...
...WAS HABT IHR SSIN ZU BERICH-TEN? NNNN...
NNNN... ZWERGE!?... JA, ZWERGE!...
DOCH WARUM ZWERGE?...
NNNN... FORSCHT, MEINE AUGEN, FORSCHT...
SELTSAM... SEHR SELTSAM... NNNN
NNNN... SIE HABEN SELTSA-ME ABSICHTEN... NNNN... SIE SUCHEN EINEN ZWERG-KÖNIG... NNNN... BEI GWANDOR!!
KÖNNTE MAN MIR WIRK-LICH ETWAS VERBERGEN, HORL?...
NEIN, MÄCHTIGER DER MÄCHTI-GEN!... EINZIGES WESEN, DEM ICH IN DIESER WELT GEHORSAM SCHULDE!

NNNnnn...
NNnn... ABER JA... JA...
NNNN WARUM HABE ICH NICHT VORHER DARAN GEDACHT? EIN ZWERGENKÖNIG!
...NNnn...DIESE DUMMKÖPFE...NNnn...HORL, WIR HABEN DAS GLÜCK GEPACHTET...DOCH ZUERST...
...JHIEF!!
MEISTER!
BRICH SOFORT MIT DEINEN MORBALEN ZUR SCHLUCHT DER BREN-NENDEN WINDE AUF, BRING MIR DIE DREI ZWERGE...
NNNN ...TÖTE DIE BEIDEN ANDEREN...
NNNN..KEIN FEHLSCHLAG, THIEF...KEIN FEHLSCHLAG!
HÖRL...DU WIRST DIE-SEN ALTEN EWANDOR VER-NICHTEN MÜSSEN. SEINE KLEINEN INTRIGEN WER-DEN MIR LÄSTIG... NNNN...
ICH EXISTIERE NUR, UM DIR ZU DIENEN, O SSÎN! GIB MIR DIE KRAFT, DIE ICH BRAUCHE, UND ICH VERNICHTE EWANDOR UND DANACH DEN GANZEN NORDEN!
...VIEL MEHR ALS DEN NORDEN, HORL... VIEL MEHR... NNNN
...WENN ICH DIE ZWER-GE HABE...
31

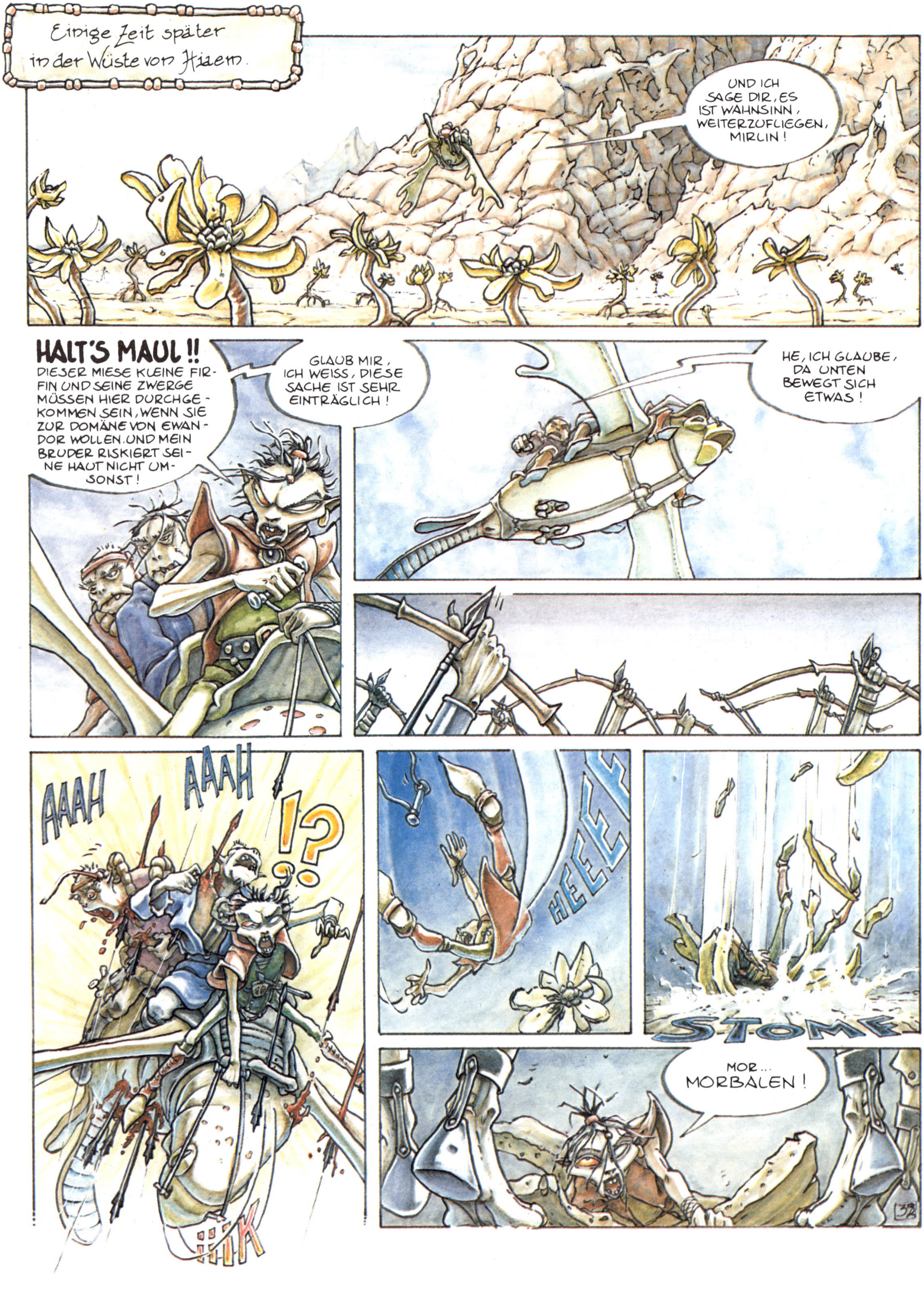
Einige Zeit später in der Wüste von Hiaem.
UND ICH SAGE DIR, ES IST WAHNSINN, WEITERZUFLIEGEN, MIRLIN!
HALT'S MAUL!! DIESER MIESE KLEINE FIRFIN UND SEINE ZWERGE MÜSSEN HIER DURCHGEKOMMEN SEIN, WENN SIE ZUR DOMÄNE VON EWANDOR WOLLEN. UND MEIN BRUDER RISKIERT SEINE HAUT NICHT UMSONST!
GLAUB MIR, ICH WEISS, DIESE SACHE IST SEHR EINTRÄGLICH!
HE, ICH GLAUBE, DA UNTEN BEWEGT SICH ETWAS!
AAAH
AAAH
!?
IIIK
HEEEE
STOME
MOR... MORBALEN!

HIÂ
HIÂ
HIÂ
HIÂ
HIÂ
HIÂ
HIÂ
HIÂ
HIÂ
HIÂ
NEIIIN!!
HALT, DU IDIOT! SIEH, SSÎN WILL IHN LEBENDIG... GENUG ZEIT VERLOREN, JETZT DIE ZWERGE!
MOK, DU GEHST MIT DEINER GRUPPE DURCH DEN NORDGANG!
SSÎN!!
SSÎN, DER NAMENLOSE?! DIE ZWERGE!?!
???
NNNN W'R BEKOMMEN VIELE UNERWARTETE BESUCHER!...
NNNN 'CH HABE GERADE EINEN BEGNA-DIGT...
IST ER SO WICHTIG, O SSÎN, DASS ER DEINE GNADE VERDIENT?
...NNNN... NEIN, EIN KLEINER WICHT, DER EINER FIXEN 'DEE NACHHÄNGT... NNNN... WIE SEIN BRUDER...
...NNNN ABER 'CH HATTE SCHON 'MMER EINE SCHWÄCHE FÜR SOLCHE SPASSVÖGEL...
33

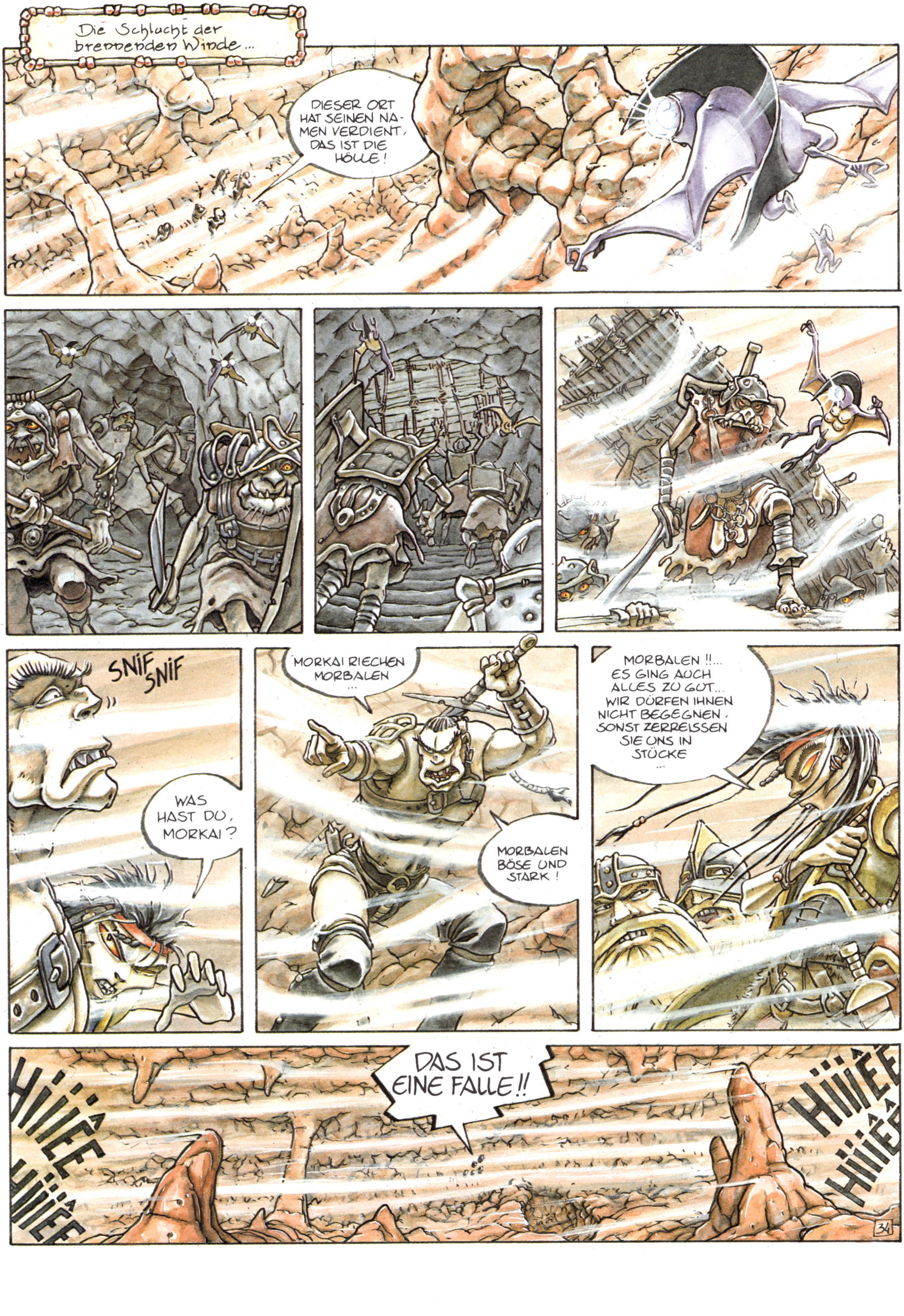

Die Schlucht der brennenden Winde ...
DIESER ORT HAT SEINEN NAMEN VERDIENT, DAS IST DIE HÖLLE!
SNIF SNIF
WAS HAST DU, MORKAI?
MORKAI RIECHEN MORBALEN ...
MORBALEN BÖSE UND STARK!
MORBALEN!!... ES GING AUCH ALLES ZU GUT... WIR DÜRFEN IHNEN NICHT BEGEGNEN, SONST ZERREISSEN SIE UNS IN STÜCKE ...
DAS IST EINE FALLE!!
HÏÏÏÉÉ HÏÏÏÉÉ
HÏÏÏÉÉ HÏÏÏÉÉ
34

WIR KÖNNEN IHNEN NICHT ENT-KOMMEN ! SCHNELL HINTER DEN FELSEN !
TAUSEND TEUFEL, ICH DACHTE, DIESE UNGEHEUER LEBEN IM SÜDEN !
KANN MAN MIT DIESEM PACK NICHT VERHAN-DELN ?
TLOK
TING
DIE FLASCHE !
DIE VERSTEHEN NUR EINE SPRACHE !
TRINKT ALLE HIERVON EINEN KLEINEN SCHLUCK !
DAS IST EIN KRIEGSTRANK DER HEXEN VON D'IHZ ...
NICHT ZUVIEL, SONST WERDET IHR WAHN-SINNIG !!
UND ICH ? MORKAI HAT ALLES AUS-GETRUNKEN !!!
AKEI, DU DUMMKOPF, DU BIST VERLOREN...
35

HiiiEEE
HYAAA
RAAAA
HEE

HAK
BENG
EEA
HIIEEE
AAA
IIEEAA
KLANG
HYAAA
KROTCH
¡¡EEA
RAAA
¡¡EEA
HYAAA
¡¡EEAA
HIIEEE
Manch erbitterter Krieger läßt sich von keiner Übermacht aufhalten...
IIEEAA
Das müssen die Morbalen hier erfahren..
WIR LEBEN ! WIR HABEN ÜBERLEBT !
EEEA
AAARH
AARRH
...UND AREN ?
...WO IST AREN ?
HE ABER ...MORKAI !!
NEIIIN

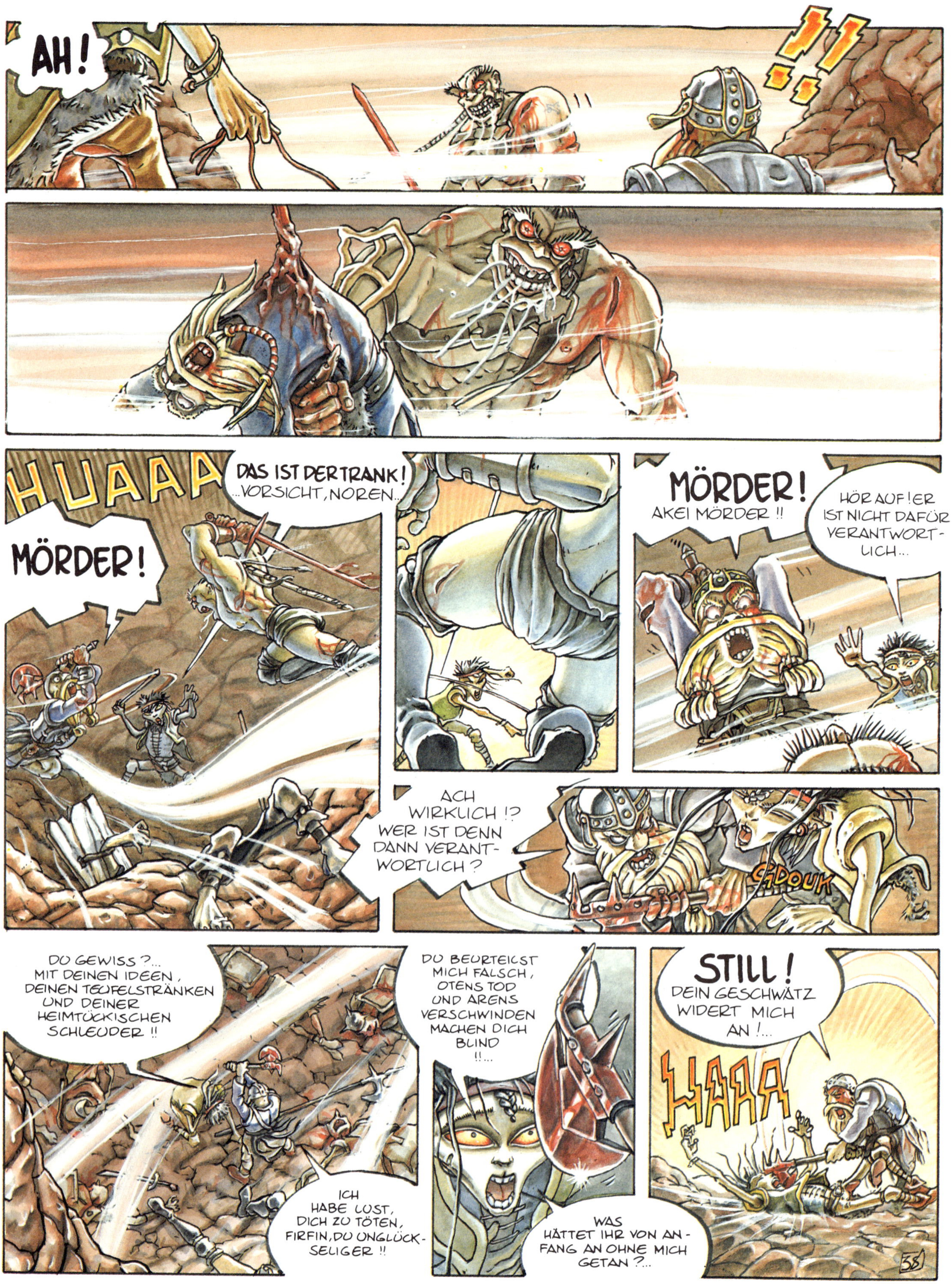
AH!
!!
HUAAA
DAS IST DER TRANK! ...VORSICHT, NOREN...
MÖRDER!
MÖRDER! AKEI MÖRDER!!
HÖR AUF! ER IST NICHT DAFÜR VERANTWORTLICH...
ACH WIRKLICH!? WER IST DENN DANN VERANTWORTLICH?
GADOUK
DU GEWISS?... MIT DEINEN IDEEN, DEINEN TEUFELSTRÄNKEN UND DEINER HEIMTÜCKISCHEN SCHLEUDER!!
ICH HABE LUST, DICH ZU TÖTEN, FIRFIN, DU UNGLÜCKSELIGER!!
DU BEURTEILST MICH FALSCH, OTENS TOD UND ARENS VERSCHWINDEN MACHEN DICH BLIND!!...
STILL! DEIN GESCHWÄTZ WIDERT MICH AN!...
HAAA
WAS HÄTTET IHR VON ANFANG AN OHNE MICH GETAN?...
38

!!!
OTEN ! AREN !
... MEINE BEIDEN EINZIGEN FREUNDE... TOT ! VERFLUCHT SEI DER NORDEN... UND DER AUFTRAG DES ZWERGENRATES !
Zur Zeit der Asche haben Tränen nur eine Farbe...
... ICH... ICH WOLLTE NICHT... ES IST NICHT MEINE...
NEIN, NICHTS !!
EWANDORS DOMÄNE LIEGT GENAU VOR UNS. NOREN, DEIN KÖNIG WARTET !
WAS MACHEN WIR MIT MORKAI ? ICH KÖNNTE IHN HEILEN...
NEIN, LASS IHN !... ICH WILL NICHTS MEHR DAVON HÖREN... UND ICH KANN IHM NICHT VERZEIHEN !!
ZNÎG
ZNÎG
ZNÎG
ZNÎG
39

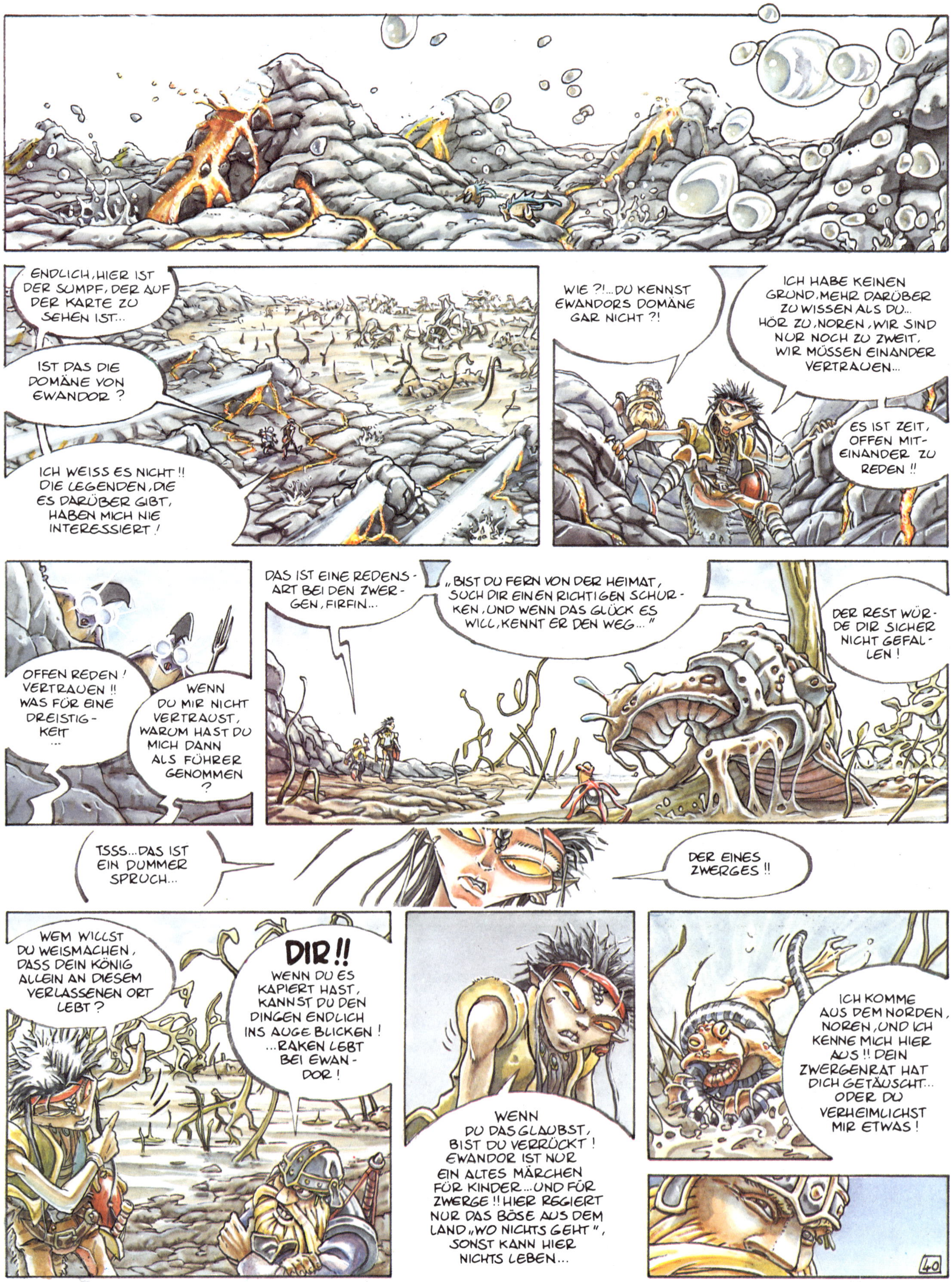
ENDLICH, HIER IST DER SUMPF, DER AUF DER KARTE ZU SEHEN IST...
IST DAS DIE DOMÄNE VON EWANDOR ?
ICH WEISS ES NICHT !! DIE LEGENDEN, DIE ES DARÜBER GIBT, HABEN MICH NIE INTERESSIERT !
WIE ?!... DU KENNST EWANDORS DOMÄNE GAR NICHT ?!
ICH HABE KEINEN GRUND, MEHR DARÜBER ZU WISSEN ALS DU... HÖR ZU, NOREN, WIR SIND NUR NOCH ZU ZWEIT, WIR MÜSSEN EINANDER VERTRAUEN...
ES IST ZEIT, OFFEN MITEINANDER ZU REDEN !!
OFFEN REDEN ! VERTRAUEN !! WAS FÜR EINE DREISTIGKEIT ...
WENN DU MIR NICHT VERTRAUST, WARUM HAST DU MICH DANN ALS FÜHRER GENOMMEN ?
DAS IST EINE REDENSART BEI DEN ZWERGEN, FIRFIN...
„BIST DU FERN VON DER HEIMAT, SUCH DIR EINEN RICHTIGEN SCHURKEN, UND WENN DAS GLÜCK ES WILL, KENNT ER DEN WEG..."
DER REST WÜRDE DIR SICHER NICHT GEFALLEN !
TSSS... DAS IST EIN DUMMER SPRUCH...
DER EINES ZWERGES !!
WEM WILLST DU WEISMACHEN, DASS DEIN KÖNIG ALLEIN AN DIESEM VERLASSENEN ORT LEBT ?
DIR !! WENN DU ES KAPIERT HAST, KANNST DU DEN DINGEN ENDLICH INS AUGE BLICKEN ! ...RAKEN LEBT BEI EWANDOR !
WENN DU DAS GLAUBST, BIST DU VERRÜCKT ! EWANDOR IST NUR EIN ALTES MÄRCHEN FÜR KINDER... UND FÜR ZWERGE !! HIER REGIERT NUR DAS BÖSE AUS DEM LAND „WO NICHTS GEHT", SONST KANN HIER NICHTS LEBEN...
ICH KOMME AUS DEM NORDEN, NOREN, UND ICH KENNE MICH HIER AUS !! DEIN ZWERGENRAT HAT DICH GETÄUSCHT... ODER DU VERHEIMLICHST MIR ETWAS !
40

ZIIII
GAB
GAB
UIK
WIR MÜSSEN DIESE INSELN ERFORSCHEN...
TSSS !...
KOMISCHE GEGEND ! DEIN KÖNIG HAT EINEN SELTSAMEN GESCHMACK !
KÜMMERE DICH NICHT UM SEINEN GESCHMACK... DAFÜR BEZAHLE ICH DICH NICHT !
CHTONGO?
TAP
!
MÄSSIGE DEINE WORTE, NOREN, MÄSSIGE SIE WOHL !
P!
HEEE...
WAS IST HIER LOS ?
HEEEEEE
BEI DER FLÖTE DES GROSSEN ZWERGES !! DAS IST DAS ENDE !
!!
!!

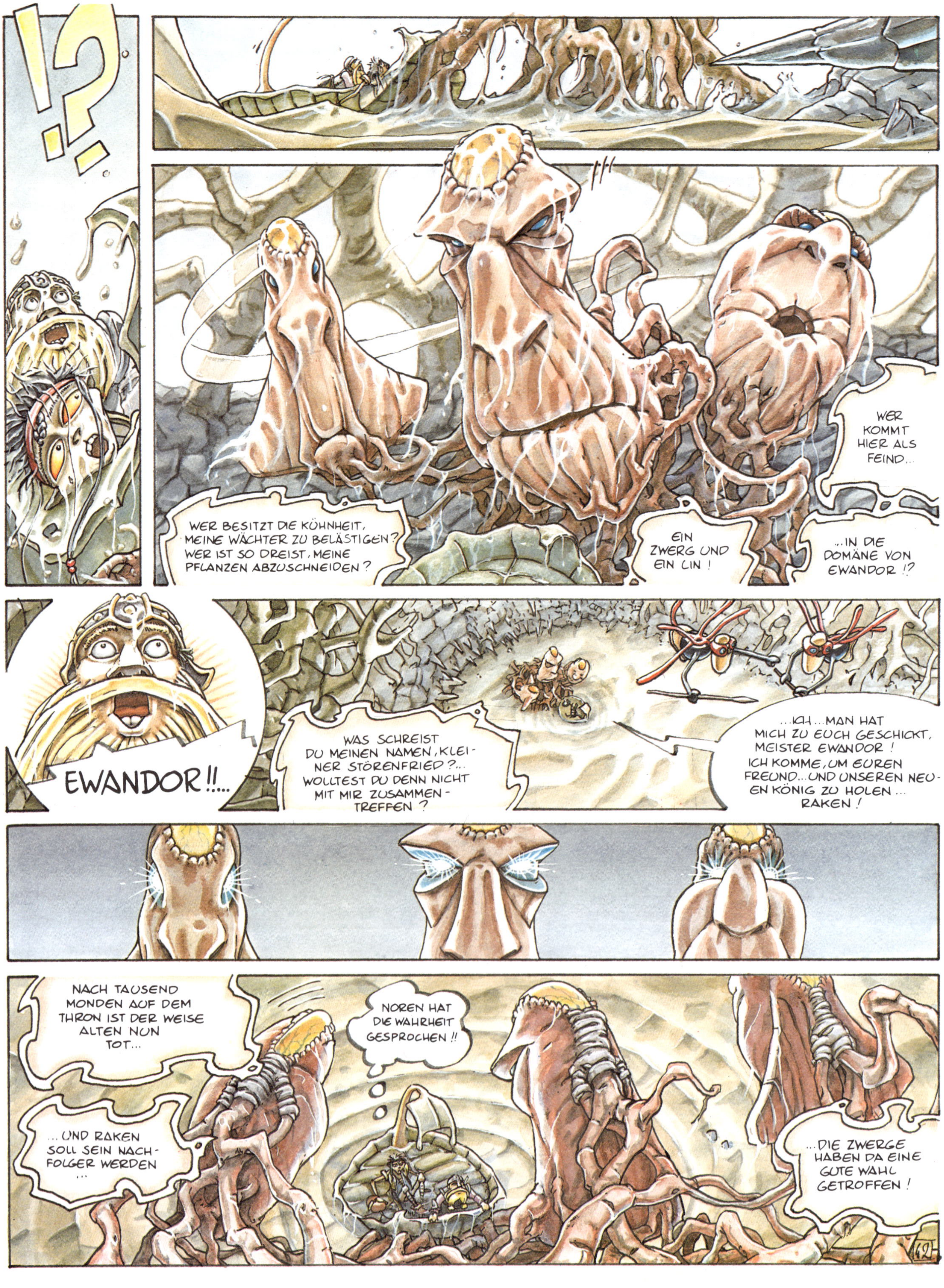
!?
WER BESITZT DIE KÜHNHEIT, MEINE WÄCHTER ZU BELÄSTIGEN? WER IST SO DREIST, MEINE PFLANZEN ABZUSCHNEIDEN?
WER KOMMT HIER ALS FEIND...
EIN ZWERG UND EIN LIN!
...IN DIE DOMÄNE VON EWANDOR!?
EWANDOR!!...
WAS SCHREIST DU MEINEN NAMEN, KLEINER STÖRENFRIED?... WOLLTEST DU DENN NICHT MIT MIR ZUSAMMENTREFFEN?
...ICH...MAN HAT MICH ZU EUCH GESCHICKT, MEISTER EWANDOR! ICH KOMME, UM EUREN FREUND...UND UNSEREN NEUEN KÖNIG ZU HOLEN... RAKEN!
NACH TAUSEND MONDEN AUF DEM THRON IST DER WEISE ALTEN NUN TOT...
...UND RAKEN SOLL SEIN NACHFOLGER WERDEN...
NOREN HAT DIE WAHRHEIT GESPROCHEN!!
...DIE ZWERGE HABEN DA EINE GUTE WAHL GETROFFEN!

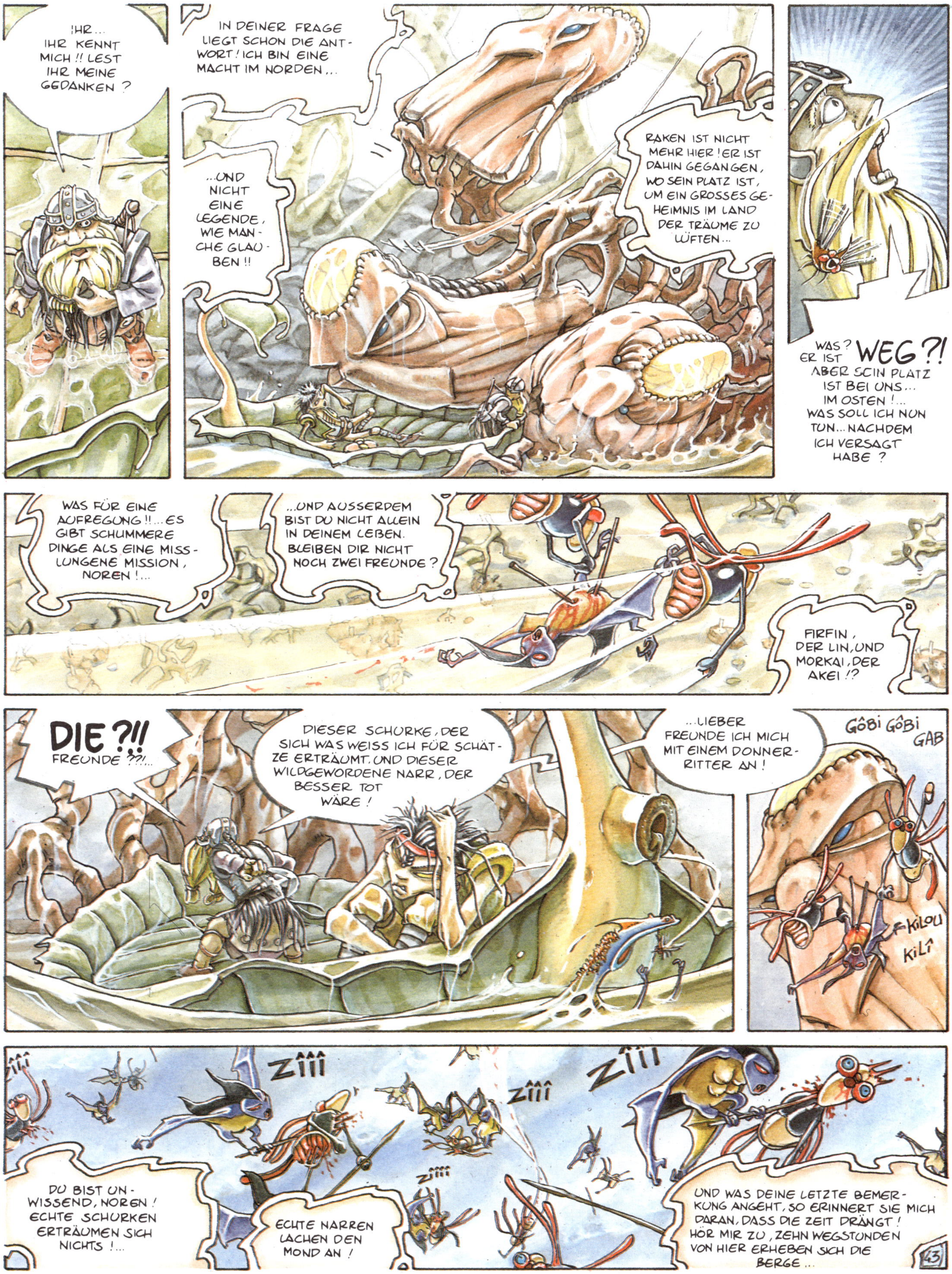

IHR... IHR KENNT MICH!! LEST IHR MEINE GEDANKEN?
IN DEINER FRAGE LIEGT SCHON DIE ANTWORT! ICH BIN EINE MACHT IM NORDEN...
...UND NICHT EINE LEGENDE, WIE MANCHE GLAUBEN!!
RAKEN IST NICHT MEHR HIER! ER IST DAHIN GEGANGEN, WO SEIN PLATZ IST, UM EIN GROSSES GEHEIMNIS IM LAND DER TRÄUME ZU LÜFTEN...
WAS? ER IST WEG?! ABER SEIN PLATZ IST BEI UNS... IM OSTEN!... WAS SOLL ICH NUN TUN... NACHDEM ICH VERSAGT HABE?
WAS FÜR EINE AUFREGUNG!!... ES GIBT SCHLIMMERE DINGE ALS EINE MISSLUNGENE MISSION, NOREN!...
...UND AUSSERDEM BIST DU NICHT ALLEIN IN DEINEM LEBEN. BLEIBEN DIR NICHT NOCH ZWEI FREUNDE?
FIRFIN, DER LIN, UND MORKAI, DER AKEI!?
DIE?!! FREUNDE??!...
DIESER SCHURKE, DER SICH WAS WEISS ICH FÜR SCHÄTZE ERTRÄUMT, UND DIESER WILDGEWORDENE NARR, DER BESSER TOT WÄRE!
...LIEBER FREUNDE ICH MICH MIT EINEM DONNERRITTER AN!
GÔBI GÔBI GAB
KILOU
KILÎ
ZÎÎÎ
ZÎÎÎ
ZÎÎÎ
ZÎÎÎ
ZÎÎÎ
DU BIST UNWISSEND, NOREN! ECHTE SCHURKEN ERTRÄUMEN SICH NICHTS!...
ECHTE NARREN LACHEN DEN MOND AN!
UND WAS DEINE LETZTE BEMERKUNG ANGEHT, SO ERINNERT SIE MICH DARAN, DASS DIE ZEIT DRÄNGT! HÖR MIR ZU, ZEHN WEGSTUNDEN VON HIER ERHEBEN SICH DIE BERGE...
43

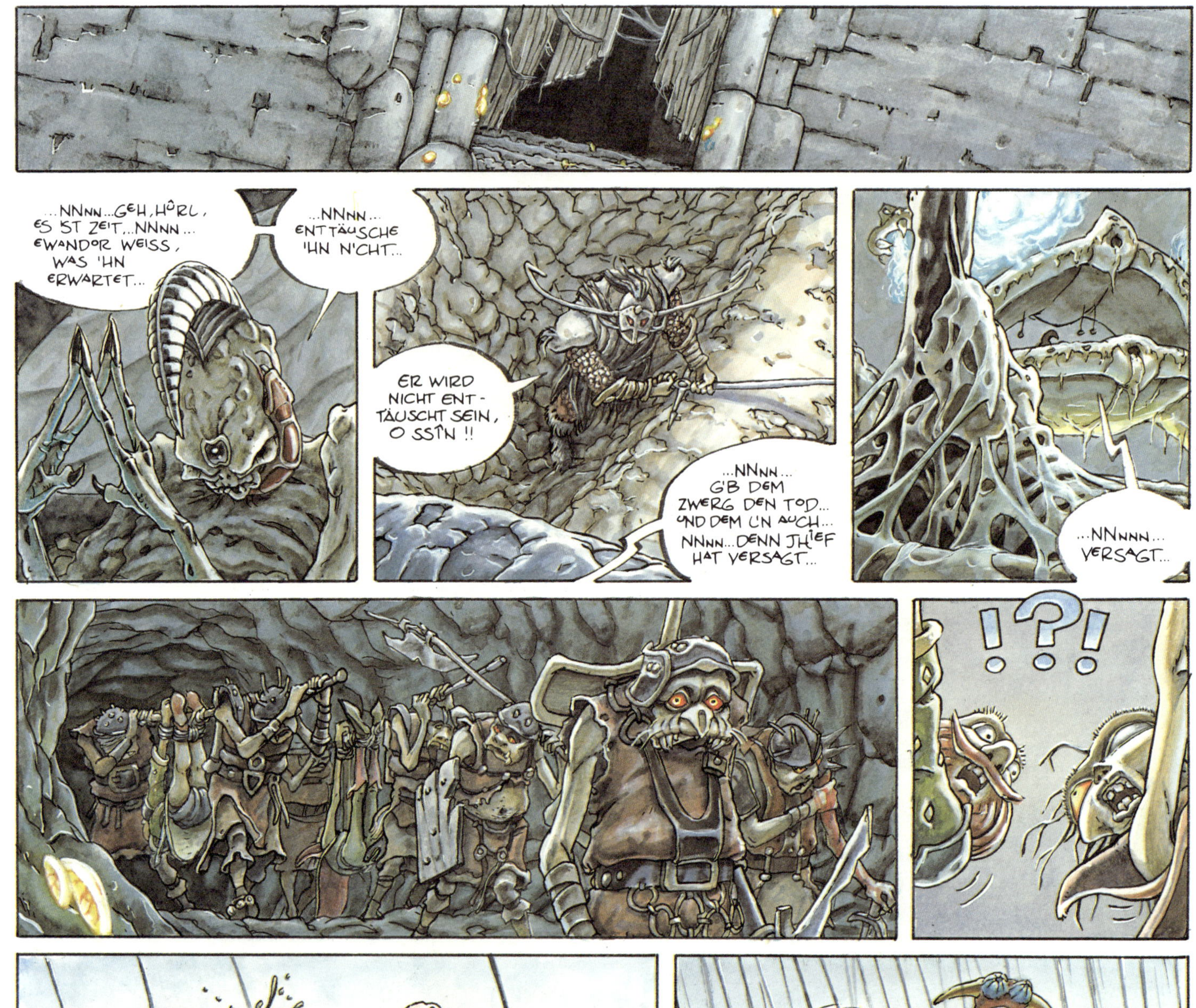
...NNNN...GEH, HÔRL, ES 'ST ZE'T,...NNNN... EWANDOR WEISS, WAS 'HN ERWARTET...
...NNNN... ENTTÄUSCHE 'HN N'CHT...
ER WIRD NICHT ENTTÄUSCHT SEIN, O SS'N !!
...NNNN... G'B DEM ZWERG DEN TOD... UND DEM L'N AUCH... NNNN...DENN JH'IEF HAT VERSAGT...
...NNNNN... VERSAGT...
!?!
TZCCHH
TZCCHH
TZCCHH

...NIMM DIESES SAMENKORN, NOREN. ES HILFT EUCH, DEN WEG ZU FINDEN, WENN IHR IM LAND DER TRÄUME SEID...
HILFT EUCH! ICH DENKE ÜBERHAUPT NICHT DARAN, DORTHIN ZU GEHEN. BEI DIESER ZWERGENGESCHICHTE HABE ICH NICHTS ZU GEWINNEN!
DOCH. IM AUGENBLICK DAS LEBEN !!
UND SPÄTER ZEHNMAL DEIN GEWICHT IN ROTEM SAND...
...DEN DIR RAKEN SCHENKEN WIRD, NATÜRLICH NUR, FALLS DU NOREN BEGLEITEST!
ZEHNMAL MEIN GEWICHT IN ROTEM SAND !!!
WARUM SOLLTE RAKEN DIESEM SCHUFT SO VIEL SCHENKEN?... ICH BRAUCHE IHN NICHT!
WAS WEISST DU, WAS DU BRAUCHST?
KENNST DU DEN PREIS FÜR DAS LEBEN?
SAGST DU DAS SCHICKSAL VORAUS?
ZULETZT MÜSST IHR WISSEN, DASS IHR DIE AUFMERKSAMKEIT EINES MÄCHTIGEN, EINES SEHR MÄCHTIGEN WESENS ERREGT HABT...
ES LEIDET AN EINEM UNENDLICHEN SCHMERZ, DER MIT EUREN WORTEN NICHT ZU BESCHREIBEN IST...!
SEID AUF DER HUT VOR IHM! GEBT ACHT AUF EUCH! SEID VORSICHTIG !!
UND VERGESST NICHTS VON DEM, WAS ICH EUCH GESAGT HABE!
BRECHT NUN SCHNELL AUF...
DIE ZEITEN VERDÜSTERN SICH...

HM JA... EINE SCHÖNE GESCHICHTE, DIESER DREIKÖPFIGE KAUZ MIT SEINEN RÄTSELN !!
TCHAK TCHAK
LAND DER TRÄUME ! GEHEIMNISVOLLES SAMENKORN !
UND DER, DER AN DIESEM UNENDLICHEN SCHMERZ LEIDET !
...UND RAKEN, DER KÖNIG DER RASTLOSEN ! TAUSEND TEUFEL, WAS IST DAS NUR FÜR EIN ZWERG ?!
TCHAK
WENN NUR OTEN UND AREN NOCH AN MEINER SEITE WÄREN !
WENN MIRLIN DAS WÜSSTE... ZEHNMAL MEIN GEWICHT IN SAND !!
Fortsetzung in: Das Land der Träume
Chevalier Ségur